LES PROVINCIALES

PARIS. — IMPRIMERIE BAILLOIT, QUESTROY ET C°.

rue Baillif, 7.

LES PROVINCIALES

PAR

CALIBAN

I

Rien de Pascal

—

Opposition aux opposants.
C.

PARIS

E. DENTU, LIBRAIRE-ÉDITEUR,

Palais-Royal, 17-19, galerie d'Orléans.

—

JUIN 1871.

—— —

Questions du Temps.

A Jules Favre.

Bazaine est réhabilité.

Épître d'un bourgeois de Paris à M. Thiers.

La Lettre de Victor Hugo.

Choses et autres.

———

1.

LES PROVINCIALES

Ceci est un livre de bonne foi.

M.

M. de Bismark a dû dire : ce qui fait l'infériorité de la France vis-à-vis de la Prusse, c'est qu'elle a trente ans de *Figaro* de plus que nous.

Cette boutade, dans sa bizarrerie, a cependant un sens vrai. Seulement, il serait injuste d'attribuer au *Figaro* ce qui est l'œuvre de la presse entière, à quelques rares exceptions près.

Depuis de longues années, nous ne savons plus réfléchir. Tout se fait vite. Les résolutions les plus graves nous surprennent par une sorte d'imprévu et d'invraisemblable.

La pensée, dans ses manifestations, se montre sous un déshabillé d'une certaine aisance, mais qui n'a plus cette forme solide et surtout ce fonds profondément médité des œuvres du grand siècle.

Le livre a fait place au journal.

Le journal est en proie à la fièvre de la spéculation.

La rapidité vertigineuse de la rédaction entraîne l'écrivain dans un courant insensé de théories contradictoires, et chaque jour les chemins de fer emportent aux quatre coins de la France une littérature faite pour détraquer le cerveau le mieux équilibré de la province.

Aussi chaque lecteur reçoit en quelque temps l'empreinte du journal auquel le plus souvent le hasard seul l'a abonné.

Les habitués du *Siècle* se plaisent dans le scepticisme gouailleur de cette feuille, et pour peu que vous teniez à sonder leurs opinions en matière de religion, ils vous jureront sur la tête de leur père que Dieu n'a jamais existé que dans l'imagination des cléricaux.

Les abonnés de l'*Univers* sont plus ultramontains que le pape Pie IX et ils vous affirmeront avec une pointe d'intolérance que le R. P.

Veuillot n'est point étranger à l'adoption du dogme de l'infaillibilité et qu'il a vertement morigéné les récalcitrants du concile.

Pour nous, dépourvu de parti pris, n'ayant qu'une devise : L'ordre et la liberté sans licence ; prêt à accepter toutes les combinaisons utiles à notre pays ; respectant, sans les partager toujours, les volontés de la majorité, nous n'aurons qu'un but et qu'une règle de conduite : poursuivre les ambitions nuisibles ; combattre les principes qui nous sembleront mauvais ; démasquer enfin et battre en brèche les prétentions des partis hostiles à l'ordre de choses établi, quand cet établissement aura été fondé par la volonté de la nation ou de l'Assemblée qui la représente.

Le pays entre aujourd'hui dans une ère nouvelle.

Nous ne sommes pas de ceux, les pessimistes, qui désespèrent de l'avenir de la France.

Riche, malgré ses pertes, forte, malgré ses

blessures, grande, malgré son démembrement, plus unie, malgré ses discordes civiles, que l'Allemagne dont la cohésion n'existe qu'à la surface, en mesure plus qu'aucune autre nation de se suffire à elle-même, la France n'a besoin pour remonter à son niveau que de cette ré-flexion dont nous parlions tout-à-l'heure et d'un retour sur elle-même fait simplement, avec bon sens et loyauté.

Elle le fera.

Les rudes leçons de la guerre étrangère et de la guerre civile lui profiteront.

Pour notre part nous le croyons.

Nous avons foi en elle.

Nous espérons que le caractère national, en gardant la grâce malicieuse qui le distingue, saura y adjoindre une dose suffisante de médita-tion sérieuse et de calme positif.

Si nous y ajoutons le respect certain de la loi, sous quelque forme qu'elle se montre, respect qui est la sauvegarde de toute nation civilisée, malgré nos défaites, notre situation précaire, nos monuments incendiés et nos milliards si mal dépensés, rien n'est perdu et l'avenir est à nous.

Parmi les réformes utiles, l'expérience démontre qu'il faut mettre au premier rang cet abus de l'opposition permanente qui a pour objet de mettre en lumière la faconde de quelques beaux diseurs.

Certes, jamais démonstration ne fut plus convaincante.

Quelques-uns des hommes du 4 septembre ont pendant vingt-cinq ans illustré les rangs de l'opposition.

Personne ne leur conteste le savoir ni cette brillante intelligence, source de leur popularité passée et de leur renommée persistante.

Qu'ont-ils fait au pouvoir?

Le dernier secrétaire de préfecture, le plus modeste des gardiens de la paix, chargés d'une autorité sans limite, n'auraient pas commis les fautes lourdes qui nous ont amené tant de catastrophes.

Et cependant nous ne suspectons ni leur sincérité ni leur bon vouloir.

Mais en matière de gouvernement les sages conseils de la réflexion et de l'expérience priment les plus splendides inspirations oratoires.

MM. Picard et consorts devront faire graver

dans leurs cabinets cet alexandrin devenu banal :

La critique est aisée et l'art est difficile.

Et s'ils veulent réparer une partie des torts qu'ils nous ont causés, ils pourront de temps à autre, monter solennellement à la tribune et d'un air grave et triste, pour tout discours, le répéter en regardant fixement les opposants de l'avenir.

Cette phrase, prononcée par de tels hommes, jettera un seau d'eau glacée sur l'enthousiasme agressif de ces honorables.

Ne nous faisons pas néanmoins trop d'illusions à cet égard.

Le rôle d'opposant sera longtemps encore recherché par les jeunes premiers de nos assemblées nationales.

Le député bien campé dans la tribune, fendu en compas en face du pouvoir, se donne à bon marché le relief d'un courage de pacotille en attaquant un ministre qu'il aspire à remplacer.

Comme si le ministre, devant cet agresseur armé à la légère, n'avait pas le désavantage du combattant, obligé de faire face à des attaques multipliées, qui traîne à sa suite un bagage aussi lourd qu'incommode, les mille soucis d'une gestion compliquée sous lesquels il est écrasé comme sous une armure du moyen âge.

En vérité, le courage est tout entier de son côté, et nous devrions d'avance accorder nos sympathies à l'homme qui accepte la mission de nous gouverner, et qui s'en acquitte loyalement, tandis que nous passons de gais instants lorsque, quelque brouillon aidant, nous pouvons rire de l'embarras où on le place et des mille piqûres que l'on inflige à son amour-propre.

Mais nous sommes ainsi faits.

En France, deux ivrognes se querellent.

Ils en arrivent aux coups.

Survient l'autorité sous les apparences d'un sergent.

Aussitôt nos deux buveurs s'entendent pour la malmener et lui donner quelques taloches.

Et le public de rire.

Nous sommes payés cependant pour nous ranger du côté du commissaire.

Serons-nous assez sages pour le comprendre?

Il est très-possible que non, et je vous demande
six mois pour la réponse.

Certains esprits vains et critiques
Veulent que tous nos députés
Retournent à leurs bucoliques
D'un pas des plus précipités :
« Notre Chambre n'est pas méchante,
» Disent-ils, ni bonne à tuer,
» Mais, n'étant pas constituante,
» Que peut-elle constituer ? »

Autant qu'eux, ma foi, je l'ignore,
Et, pour moi, je trouverai bon,
De quelque nom qu'on le décore,
Le régime de la raison.
Mais la Chambre point ne mérite
Ce reproche de mauvais goût ;
Jusques-là ces hommes d'élite
N'ont rien constitué du tout.

Le carrosse dans lequel M. le comte de Rochefort a opéré son entrée à Versailles a produit un fàcheux effet sur les esprits.

Généralement on a trouvé qu'il aurait pu faire la route à pied, ce qui eût été peut-être un peu dur pour un communeux de cette volée.

Le public avait raison, ces priviléges nous choquent.

A moins pourtant qu'on ne mesure les égards dus aux coupables sur l'étendue du mal qu'ils ont fait et sur l'habileté avec laquelle ils l'ont su commettre.

A ce point de vue, M. de Rochefort n'est pas un criminel vulgaire et il convient de lui donner un excellent coupé de Binder pour le véhiculer.

A l'heure présente, il s'établit des paris sur son compte.

Les uns soutiennent qu'il sera fusillé ;

D'autres, les sceptiques, qu'il ne le sera pas.

Il ne s'est après tout servi que de sa plume, disait un de nos honorables, et le cas est épineux.

A quoi nous objectons que cette plume, que l'on a trop vantée, même en ce qui concerne l'esprit, était le chassepot et la mitrailleuse de cet écrivain, et plus dangereuse qu'une douzaine de ces engins de guerre ;

Qu'elle ne peut invoquer même cette circons-
tance atténuante du courage et de la témérité;
qu'elle a fait lâchement et dans un but mercan-
tile une œuvre de sang et de pillage, et que plus
grande est l'intelligence du coupable, plus cri-
minels sont ses actes.

Qu'enfin il se condamnait si bien lui-même,
qu'il a pris la fuite pour se dérober à la justice
qui l'attendait, et qu'il n'a même pas l'excuse
de l'entraînement, puisqu'il imprimait le mou-
vement aux autres.

Rochefort a commis un crime de lèse-société.

Il a commis ce crime pour de l'argent.

Si j'avais le malheur d'être appelé à le juger,
j'opinerais autrement que les sceptiques plus
haut cités, ce qui ne veut pas dire qu'ils per-
dront leur gageure.

Et ce n'est pas un réquisitoire que nous faisons.

Dieu merci! la besogne est faite,
Le discours veut être cité,
Gambetta fait la pirouette,
Bazaine est réhabilité!

De ce procédé fort honnête,
Le maréchal avait besoin.
Pour rire, je veux voir la tête
De Crémieux et de Glais-Bizoin !

Ce n'est pas un traître, non certe,
Personne ne peut le nier !
Il en a fait la découverte
Le bon général Changarnier !

Il l'eût été bien moins encore,
S'il eût préservé ma maison
De l'invasion omnivore
De six Prussiens en garnison.

S'il n'était pas à Gravelotte,
A Metz il a su renfermer
Tous nos soldats, prenez-en note !
Comment pourrait-on l'en blâmer ?

Mais la trahison m'est suspecte,
Si je ne la vois de mes yeux,
Je n'y crois pas et je respecte
Vaincus, nos soldats glorieux !

2.

Ces messieurs du quatre septembre
Pleins de bonnes intentions,
Auprès d'un feu clair, dans leur chambre,
Faisaient mouvoir des légions,

Sur le papier.... Grands capitaines
Sans avoir appris le métier,
Ils perçaient les lignes prussiennes
Avec rage.... sur le papier !

Mais voici que la mode passe.
Sans doute ils vont baisser le ton ;
On a donné le coup de grâce
A ces généraux de carton !

Dieu merci ! la besogne est faite,
Jules Favre est mis de côté,
Gambetta fait la pirouette,
Bazaine est réhabilité !

Ce jourd'hui, 5 juin, à la gare Montparnasse, un agent de police vérifiait les passeports des voyageurs.

Cette besogne fastidieuse, sans doute, lui avait donné une mauvaise humeur dont il se déchargeait sur son public.

Nous ne lui ferons pas l'injure de le comparer aux communeux qui l'ont précédé.

Cependant s'ils avaient moins de probité, ils montraient plus de politesse.

Quand donc saurons-nous faire excuser les utiles tracasseries de la surveillance par les aménités et les convenances de la forme?

Est-ce depuis que Beaumarchais en a fait l'agréable plaisanterie que l'on sait, que M. le commissaire l'a prise en si profond dédain?

Si vous adorez l'anthithèse
Et l'argument à baroco,
Lisez, vous en serez fort aise,
La lettre de Victor Hugo.

Dans ce pathos humanitaire,
Si quelque sens vous apparaît,
C'est que Troppmann et Lacenaire
Même sont dignes d'intérêt.

Ce demi-dieu qui toujours tonne,
Grand jadis et piètre aujourd'hui,
Eût fait abattre la colonne
Pour être plus haute que lui.

Il est gonflé comme un concombre,
Son orgueil monte on ne sait où !
Plutôt que de rester dans l'ombre
Il se ferait couper le cou.

Son violon n'a qu'une note;
Pécheur dans son crime endurci,
Sur tous les tons, il nous radote :
« C'est moi, l'homme de ce temps-ci ! »

Dans l'exil, martyre qu'il offre
Aux gens de sa religion,
Il a soin d'emporter le coffre
Où dort son double million.

Il est proscrit : bonne imposture !
Quand ses amis les communeux
Nous donnaient la liberté pure
Que ne restait-il avec eux !

Ce poète bat la breloque :
Et plus sage il se tiendrait coi.
S'il est proscrit, moi je m'en moque
Puisqu'il l'est comme vous et moi !

L'hospitalité qu'il propose
N'est bonne qu'à mettre au panier,
Car nous savons tous, et pour cause,
Qu'il sait bien se faire payer.

Jours néfastes, siècle funeste,
Où l'esprit humain dans la nuit
Flotte incertain, où l'on déteste
Ce qui plut, où l'on est réduit,

Par des aventures fatales,
A n'accorder que du mépris
A qui fit les *Orientales*
Et *Notre-Dame de Paris !*

La Chambre a décidé que la maison de M.

Thiers, abattue par la Commnne, serait relevée aux frais de l'Etat.

C'est une éclatante justice.

Nous applaudissons des deux mains à cette œuvre de réparation.

A ce propos, un de nos amis, propriétaire au parc de Neuilly d'une maison foudroyée par le canon de Versailles, avec le mobilier qu'elle contenait et le gardien qui l'habitait, nous a fait cette réflexion :

La Chambre voudrait-elle nous dire ce qu'elle décidera pour les maisons autres que celles de M. Thiers ?

Les victimes attendent et n'ont pas toutes une situation pécuniaire qui leur fasse trouver le temps moins long et leurs désastres moins durs.

Résoudre cette intéressante question vaudrait peut-être mieux que de ramener sur l'eau les querelles dynastiques qui la rendent plus trouble.

Prière à M. le duc d'Audiffret, qui sera ministre, d'y songer.

Au reste nous y reviendrons.

Pour occuper les loisirs de l'Assemblée, quelques-uns des personnages qui la composent ont mis au jour, non sans quelque peine, un projet de loi sur la liberté de l'intérêt.

Ils prétendent qu'en le limitant, la loi cause un préjudice aux emprunteurs.

Ceux-ci trouveront, disent-ils, des capitaux plus abondants et à un taux moindre que le taux légal dès l'instant où la liberté sera décrétée.

Évidemment cette loi est préparée par des financiers ou des capitalistes qui entendent tirer parti de leurs fonds.

Nous aimons à croire qu'il ne s'agit pas de prêter hypothécairement à plus de 5 %, puisqu'on prône l'avantage de la loi pour les ruraux qui cultivent un sol dû en partie.

Ils ont déjà bien assez de peine à obtenir les intérêts légaux dus à leurs prêteurs, et seraient rapidement ruinés avec une rente plus élevée à fournir.

Cette bienveillance des capitalistes me semble plutôt une précaution pareille à celle du crocodile embusqué dans les joncs d'une rive quelconque.

Avec la loi actuelle, est-ce que ces messieurs

qui prétendent rechercher un adoucissement à la situation des débiteurs, ne peuvent pas leur prêter à trois ou quatre pour cent?

Il semble que jusque-là rien ne s'y soit opposé, et s'ils ne l'ont pas fait c'est sans doute qu'ils n'y ont pas trouvé leur compte.

Ils mettent en avant les autres pays et l'exemple de l'Angleterre.

Est-ce qu'en Angleterre la propriété est transmissible et divisée comme en France?

Est-ce que l'hypothèque, cette lèpre de la terre, y règne en souveraine comme dans nos provinces?

On dit la magistrature contraire à cette liberté de l'usure. Son refus est basé sur son expérience.

Elle a raison, mille fois raison.

N'en déplaise aux promoteurs du projet que je soupçonne d'avoir trouvé plus de capitaux que de fonds de terre dans le testament de leurs oncles.

Commercialement parlant, c'est peut-être une autre affaire.

A M. JULES FAVRE.

Faisant un pied de nez à notre vieille gloire
Quand s'est à l'horizon levé, pour notre dam,
Ce jour qui n'aura pas son pareil dans l'histoire,
    Et qui s'est appelé Sedan;

Lorsque Napoléon, ce fantôme livide,
Astre du firmament des souverains tombé,
Contemplait abattu, l'œil terne, le cœur vide,
    Son char dans le sang embourbé;

Ce liquide orageux qui dans Paris fermente,
Bouillonnait dans le vase, et prêt à le briser,
N'attendait qu'un signal pour jaillir en tourmente,
    Se répandre et nous embrâser.

Enivré de succès qui redoraient ses princes,
Le Prussien, d'autre part, à grands pas s'avançait,
Et déjà, supputant la rançon des provinces,
    Bismark, dans sa barbe, riait.

3

C'était de l'union qu'il nous fallait, mon maître,
Des canons, des soldats, et non pas des discours,
Mais, dans votre escarcelle, il en restait peut-être
　　Que vous gardiez pour les grands jours.

Il en restait sans doute, et de ceux qu'on admire,
Si l'on met à son prix un style sans second,
Mais nous les payons cher, trop cher, s'il faut tout dire,
　　Même au gré de ceux qui les font.

Vous étiez là, vous tous, vingt ans les coryphées
De ce chœur d'opposants, rogues et babillards,
Dont on vendait, le soir, comme autant de trophées,
　　Les mots creux sur les boulevards.

Jules Ferry, l'ami des gens de Belleville ;
Glais-Bizoin, le Breton légendaire et têtu ;
Crémieux qui nous dotait, en décrets trop fertile,
　　De tant de juges impromptu.

Picard, qui l'esprit vif et le sourire aux lèvres,
Eût préféré sans vous, flânant sur le trottoir,
Trouver une malice ou courir d'autres lièvres,
　　Et Simon qui fit son devoir.

Et cet autre qu'on mit par malheur sur l'affiche,
Et ce vain dictateur qui tant nous en...nuya ;
Mettez si bon vous semble une rime plus riche
    Qui s'accorde avec Gambetta.

Vous eûtes la province avec la métropole ;
Nous avons bravement obéi sans crier.
Qu'avez-vous fait de bon, orateurs ? La parole
    Est à monsieur Pouyer-Quertier.

Vous n'avez su jamais que critiquer les autres ;
Vous avez acclamé toute rébellion ;
On vous connaît enfin.... Vous n'êtes pas des nôtres
    Et votre nom est : Légion !

La légion, par qui tout pouvoir se démembre,
Qui fit mil huit cent trente et puis quarante-huit,
Juin et le coup d'État, et le quatre Septembre,
    Et Mars et tout ce qui s'en suit.

Vous n'avez dans le sol jeté que la semence,
Vous n'avez pas voulu la catastrophe ; mais
Vous criez : Liberté ! La tourbe entend : Licence !
    Et Paris brûle ses palais.

Alors vous vous frappez avec bruit la poitrine,
A votre joue un pleur creuse un brûlant sillon ;
A vous entendre, hélas! c'est vous qu'on assassine,
    Martyr de la contrition !

Des mots, toujours des mots! mais les faits portent plai
Allez, vos désespoirs ne sauraient nous guérir!
Et votre voix n'aura plus d'écho dans l'enceinte
    Où l'on n'ose vous applaudir !

Allez cacher au fond de quelque Thébaïde,
Votre front sous l'effort de nos malheurs pâli,
Et la mère-patrie, à l'enfant parricide,
Pourra donner encor, voyant sa place vide,
    Un reste d'amour et l'oubli.

Nous ne haïssons pas les Allemands plus qu'il
ne convient, mais nous ne saurions être de
l'avis de ceux qui pensent que les horreurs de

la guerre civile vont faire oublier les misères de la guerre étrangère.

Il n'est pas bien établi d'abord que la Commune n'ait pas au début reçu quelques encouragements de l'Allemagne. La Prusse, en outre, a fourni, comme tant d'autres pays, son contingent de lansquenets et de reîtres à l'armée des communeux.

Et puis enfin, d'où sont venus les enseignements sur l'excellence du pétrole en cas de guerre ?

Si vous inclinez vers l'oubli du mal que nous ont fait les Prussiens, donnez-vous, afin d'y retremper votre patriotisme, la satisfaction d'un pèlerinage aux ruines de Garches et de Saint-Cloud.

Le remède opèrera sûrement.

La vue de chaque villa, isolément incendiée, les ruines qui font de ces lieux charmants un monument de douleur et de haine, cette férocité dans la destruction mise à l'œuvre pendant l'armistice, contre toutes les lois de la guerre, vous auront bien vite rendu l'éternelle aversion que nous devons à nos adversaires d'hier, à nos ennemis de demain.

3.

Les agents des Pyat et des Delescluze n'ont fait que les imiter.

Seulement comme dans toute industrie le progrès se manifeste peu à peu, les incendiaires de la Commune auraient pu prendre un brevet de perfectionnement S. G. D. G.

REQUÊTE D'UN BOURGEOIS DE PARIS A M. THIERS

Seigneur, que de vicissitudes,
Comment ne suis-je trépassé !
Onc, par des misères si rudes
Un citoyen ne fut froissé.

Aussitôt la guerre finie,
J'accours du fond du Morbihan,
Où, pendant la cérémonie,
J'étais allé voir l'Océan.

Dans une modeste chaumine
Dont fort cher je payai la clé,
Je vivais, narguant la famine,
De homards et de présalé ;

Prèt à prendre la mer, et vite,
Si gagnant vers nous du terrain
Les deux uhlans que l'on évite
Venaient poindre dans le lointain.

Mais tout va bien... Bordeaux l'assure.
Nous, Français, battus ? Le croit-on ?
Nous reculons ? Chimère pure !
Faidherbe et Chanzy tiennent bon !

Trochu fait des efforts immenses...
Il a son plan, c'est un malin !
Le roi Guillaume est dans les transes...
Il prend la route de Berlin !

Ainsi s'expliquaient les dépêches,
Ou peu s'en faut, vous le savez;
Et lorsqu'il en venait de fraîches,
On pensait : nous sommes sauvés!

Quand soudain, nouvelle effroyable !
Paris vient de capituler :
On parle d'armistice... diable !
C'est le moment de s'envoler

Vers cette Babylone chère
Où tant d'amours sont entassés !
Adieu, Morbihan, Finistère !
Hosannah ! J'en avais assez !

En pataches de toutes sortes,
On me hisse... Je suis rendu.
Dieu soit loué ! Voici les portes
Du paradis que j'ai perdu.

J'entre chez moi. Qu'est-ce? Une bombe
A mis en pièces mes parquets ;
Mon mobilier en loques tombe,
Je n'ai qu'à faire mes paquets.

Mes débiteurs sont insolvables,
Mes locataires sont partis,
Les boulevards ne sont tenables
Qu'aux fantoches et qu'aux titis.

Partout je heurte des cohues
De Polonais, d'Italiens,
Et l'on voit de tout dans les rues
Excepté des Parisiens.

Généraux Boums, amiraux Suisses,
De la tête aux pieds galonnés,
Publiquement font les délices
D'un solde de laides Phrynés.

On ne sait jusqu'où l'on recule,
L'abîme où l'on roule est sans fond ;
Athènes devient ridicule
Et Paris en armes bouffon.

Mais de nouveau le canon gronde.....
Me voici bien claquemuré !
Habitant d'une cave immonde,
Où par prudence retiré,

J'entends au dehors la bataille,
Qui de son fracas m'étourdit,
Et les balles et la mitraille
Qui font un vacarme maudit !

Après deux mois, passé l'orage,
A la porte je mets le né ;
Hélas ! complet est le naufrage !
Pour le coup je suis ruiné.

Je suis devant mes coffres vides,
Nu comme un enfant nouveau-né,
Car la Commune aux mains avides
M'a tout requisitionné!

J'avais une maison étroite,
Mais dont je fus le créateur,
Au pont d'Asnières, sur la droite,
En face du restaurateur!

Là, sur un chétif périmètre,
Un petit frêne en parasol
Sous lequel on pouvait se mettre,
Sans chapeau, couvrait tout le sol!

Elle a la petite vérole!
Les balles en ont délogé
Un fédéré que le pétrole
En la dévorant a vengé!

En cette fâcheuse occurrence,
Monsieur Thiers, je m'adresse à vous!
Et dis humblement : Excellence,
Faites quelque chose pour nous!

Donnez-moi, vous bon et facile,
Pour conjurer tous ces hasards,
Le droit de tendre une sébile,
Par privilége, au pont des Arts !

CALIBAN.

Paris. — Imp. Balitout, Questroy et Cⁱᵉ, rue Baillif, 7.